BRAVO!

_____

est capable de lire ce livre!

Catalogage avant publication de Bibliothèque et Archives Canada

Dean, James, 1957-
[Pete the cat and the cool caterpillar. Français]
Pat et la chenille verte / James Dean, auteur et illustrateur ;
texte français d'Isabelle Montagnier.

(Je lis avec Pat le chat)
Traduction de: Pete the cat and the cool caterpillar.
ISBN 978-1-4431-7411-4 (couverture souple)

I. Titre. II. Titre: Pete the cat and the cool caterpillar.
Français III. Collection: Dean, James, 1957- . Je lis avec Pat le chat

PZ23.D406Pad 2019   j813'.6   C2018-904406-3

Édition publiée par les Éditions Scholastic, 604, rue King Ouest, Toronto (Ontario) M5V 1E1,
avec la permission de HarperCollins.

5 4 3 2 1   Imprimé au Canada 119   19 20 21 22 23

Je lis avec Pat le chat

PAT ET LA CHENILLE VERTE

James Dean
Texte français d'Isabelle Montagnier

SCHOLASTIC

Pat le chat et ses amis partent en expédition!

Ils sont à la recherche d'insectes.
Combien vont-ils en trouver?

Katia voit une fourmi noire.

— Elle construit une fourmilière! s'écrie-t-elle.

— Cool! dit Pat.

Otto trouve une coccinelle
rouge sur des feuilles de menthe.

— Elle a neuf points! dit-il.

— Super jolie! répond Pat.

Marius voit une grosse
araignée noire.

— Elle a attrapé une mouche!
s'écrie-t-il.

— Chouette! dit Pat.

Pat trouve une chenille verte dans un pot de fleurs et dit :

— Je vais l'emmener chez moi pour la montrer à mon papa et à ma maman.

Avec l'aide de sa maman, Pat construit une maison pour la chenille dans un bocal en verre.

Le papa de Pat perce de petits trous dans le couvercle pour y laisser passer l'air.

Pat met la chenille dans le bocal.

Pat donne des feuilles à la chenille. Il ajoute une brindille pour qu'elle s'y accroche.

— Bonne nuit, Pat, dit sa maman.

— Bonne nuit, Pat, dit son papa.

— Bonne nuit, chenille, dit Pat.

Quand Pat se réveille,
la chenille a disparu!
Où est-elle allée?
S'est-elle sauvée?

— Elle n'est pas partie,
dit la maman de Pat.

— Elle ne s'est pas sauvée,
dit le papa de Pat.

— Regarde bien! disent-ils.

— La chenille est encore
à l'intérieur du bocal, dit
la maman de Pat. Elle s'est
transformée en chrysalide.

— Est-ce qu'elle va toujours
rester dans sa chrysalide?
demande Pat.

— Non, répond son papa.
La chenille va se transformer
en quelque chose d'autre.

— En quoi va-t-elle se transformer? demande Pat.

— C'est une surprise, répond sa maman. Il faut être patient.

Pat attend.

Katia lui rend visite.

— Est-ce que la chenille est sortie? demande-t-elle.

— Non, pas encore, répond Pat.

Pat attend encore.

Otto lui rend visite.

— Est-ce qu'elle est sortie? demande-t-il.

— Non, pas encore, répond Pat.

Pat attend encore plus longtemps.
Marius lui rend visite.

— Est-ce qu'elle est sortie?
demande-t-il.

— Non, pas encore, répond Pat.

Pat attend

et attend

et attend.

Puis un jour, quelque chose
se passe enfin.

La chrysalide se met à bouger.

— Il se passe quelque chose!
crie Pat.

La chrysalide bouge encore.

Tout le monde s'approche
pour l'observer.

La chrysalide s'ouvre.

Quelque chose en sort!

Qu'est-ce que c'est?

Une tête apparaît,

puis des pattes,

et enfin deux ailes colorées.

La chrysalide s'est transformée
en un magnifique papillon!
— Oooh! dit Pat.

Le papillon agite

doucement ses ailes.

Il est prêt à s'envoler.

Pat et ses parents vont au parc.

— Le moment est venu de dire au revoir, dit le papa de Pat.

Pat ouvre le couvercle du bocal.

Le papillon bat des ailes.

Il sort du bocal et se pose sur

le nez de Pat qui dit :

— Ça chatouille!

Puis le papillon s'envole
dans le ciel.

— Au revoir, joli papillon!
disent Pat et ses parents.

— Cherchons une autre chenille! s'écrie Pat. La transformation, c'est génial!